PASSEPEUR

PERDU AU CENTRE DE LA TERRE

Réalisé par
Richard Petit

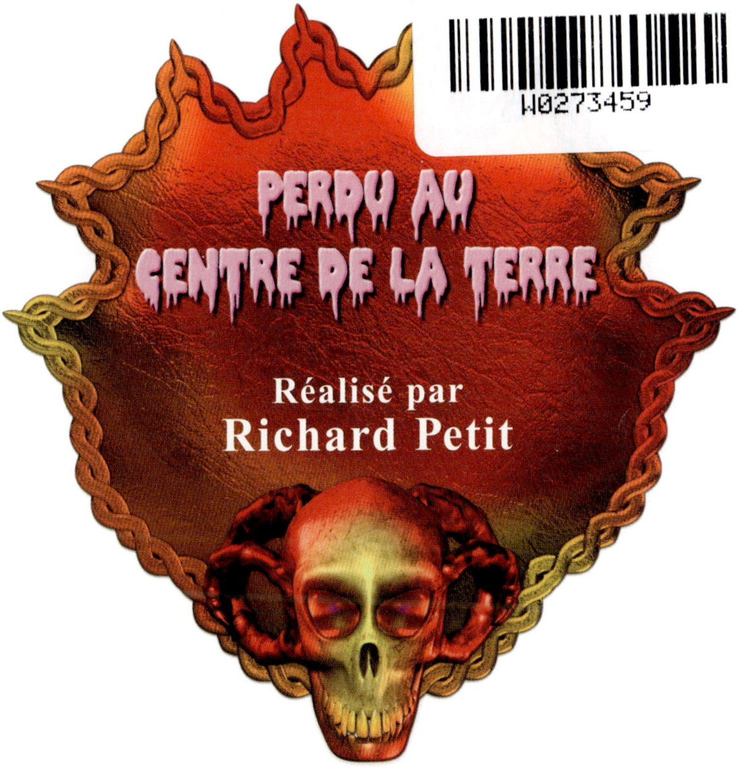

Piccolia

Créé par Richard Petit

5, rue d'Alembert
91240 Saint-Michel-sur-Orge
Dépôt légal : 3e trimestre 2012
Loi n°49-956 du 16 juillet 1949
sur les publications destinées à la jeunesse.
Imprimé en Italie.

**TU CROIS AVOIR CHOISI CE LIVRE ?
C'EST PLUTÔT CETTE AVENTURE
QUI T'A SÉLECTIONNÉ…**

OUI ! Les gens sont tous pareils, et toi, tu ne fais pas exception. EH OUI ! Être immensément riche fait partie des rêves de tout le monde. Avoir une grande fortune avec laquelle tu pourrais te payer absolument tout ce que tu désires, voilà ce qui te ferait le plus plaisir…

Mais un soir, les maigres chances que ce rêve se réalise ont très vite basculé du côté des possibilités, lorsque tu as regardé une émission de télévision sur la vieille mine de diamants de la ville. Le reportage racontait que les administrateurs, malgré les richesses qui se trouvaient dans cette mine, avaient dû en cesser l'exploitation, car ils perdaient autant d'hommes qu'ils trouvaient de diamants.

Oui ! Des centaines de gros diamants de valeur inestimable avaient été trouvés, mais en retour, des mineurs s'étaient aussi perdus. Plus d'une centaine de pauvres diables n'ont jamais été revus après être entrés dans cette mine maudite… JAMAIS !

Après avoir réfléchi longuement et avoir évalué le risque, tu prends la décision surprenante…

DE TENTER TA CHANCE MALGRÉ TOUT !

BIENVENUE AU QUARTIER GÉNÉRAL

TON K-RABOUM

Te lancer la tête la première dans l'action sans te préparer serait de la pure folie. Alors, vaut mieux parfaire tout d'abord tes connaissances et tes aptitudes.

Pour t'aider dans cette mission périlleuse, tu seras accompagné d'un ami très cher… TON K-RABOUM ! Ce K-raboum est un pistolet désintégrateur cool et très puissant. Si ton activité préférée est la destruction des méchants, tu seras servi. Pour commencer, il faut t'entraîner à t'en servir.

Si tu tournes les pages de ton livre, tu remarqueras, sur les images en bas à gauche, un monstre, ton K-raboum et le rayon lancé par ton arme. Ce monstre représente tous les ennemis que tu vas affronter dans ton aventure. Plus tu t'approches du centre du livre, plus le rayon destructeur se rapproche du monstre. JETTE UN COUP D'ŒIL !

Dans ton aventure, lorsque tu fais face à un ennemi et qu'il t'est demandé d'essayer de le pulvériser avec ton K-raboum, mets un signet à cette page (celle que tu es en train de lire), ferme ton livre, puis rouvre-le en essayant de viser le milieu du livre. Si tu t'arrêtes sur une image semblable à celle-ci,

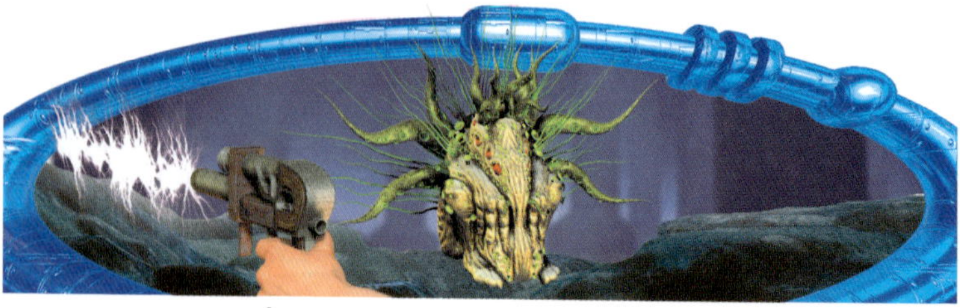

TU AS RATÉ TON TIR ! Alors, tu dois suivre les instructions au numéro où tu as mis ton signet. Exemple : *Tu as raté ton tir, rends-toi au numéro 27.*

Si par contre tu réussis à t'arrêter sur une des six pages centrales du livre portant cette image,

TU AS PULVÉRISÉ TON ENNEMI ! Tu n'as plus qu'à te diriger à l'endroit indiqué dans le texte où tu as mis ton signet. Exemple : *Tu as réussi à pulvériser ton ennemi, rends-toi au numéro 43.*

VAS-Y ! Fais quelques essais…

Les pages du destin

Lorsqu'il t'est demandé de TOURNER LES PAGES DU DESTIN afin de savoir si un monstre va t'attraper, mets un signet à la page où tu es et fais tourner les pages du livre rapidement. Ensuite, arrête-toi AU HASARD sur l'une d'elles. Sur les pages de droite, il y a trois icônes. Si tu retrouves cette icône-ci sur la page où tu t'es arrêté :

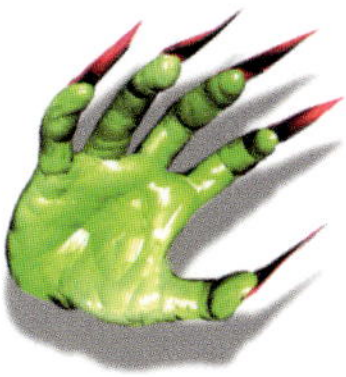

TU T'ES FAIT ATTRAPER ! Alors, tu dois suivre les instructions au numéro où tu as mis ton signet. Exemple : *Le monstre a réussi à t'attraper ! Rends-toi au numéro 16.*

Tu es plutôt tombé sur cette icône-là ?

ALORS, TU AS RÉUSSI À T'ENFUIR ! Tu dois donc suivre les instructions au numéro où tu as mis ton signet. Exemple : *Tu as réussi à t'enfuir ! Rends-toi au numéro 52.*

Lorsqu'il t'est demandé de TOURNER LES PAGES DU DESTIN afin de savoir si un monstre t'a vu, fais la même chose. Tourne les pages et arrête-toi AU HASARD sur l'une d'elles. Si, sur cette page, il y a cette icône-ci :

LE MONSTRE T'A VU ! Alors, tu dois te rendre au numéro indiqué dans le texte.

Tu es plutôt tombé sur celle-là ?

IL NE T'A PAS VU ! Rends-toi au numéro correspondant.

Afin de savoir si une porte est verrouillée ou non, fais tourner les pages. Si, sur cette page, il y a cette icône-ci :

LA PORTE EST FERMÉE ! Alors, tu dois te rendre au numéro indiqué dans le texte.

Tu es tombé sur celle-là ?

ELLE EST OUVERTE ! Rends-toi au numéro correspondant à l'endroit, où la porte s'ouvrira.

Ta vie ne tient qu'à un fil...

Cette vie que tu possèdes pour cette aventure comporte dix points. À chaque coup porté contre toi, elle descendra d'un point. Si jamais elle tombe à zéro, ton aventure sera terminée et tu devras recommencer au début du livre.

COMMENT TENIR LE COMPTE

Sur cette page se trouve ta ligne de vie. BRICOLAGE OBLIGE ! Tu dois tout d'abord découper les petites lignes pointillées jusqu'au point rouge, et ensuite plier les dix petits rabats pour cacher complètement le squelette.

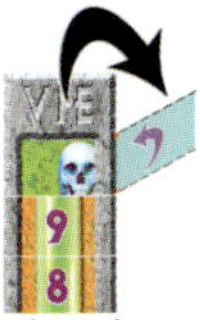

Lorsqu'il t'arrivera, au cours de ton aventure, de recevoir un coup, tu devras t'enlever un point de vie en dépliant un petit rabat de cette façon.

Et ainsi de suite, chaque fois qu'il t'arrivera malheur, ce sera toujours indiqué.

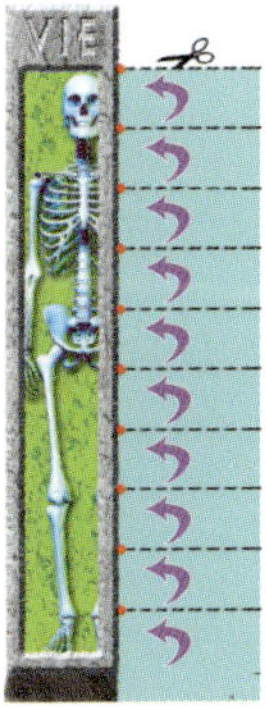

Si le squelette se retrouve complètement découvert, c'est bien terminé pour toi.

TU DOIS ALORS RECOMMENCER AU DÉBUT DU LIVRE !

RASSURE-TOI ! Tu pourras retrouver partout des élixirs cachés qui augmenteront ta ligne de vie. Si jamais tu en trouves, tu n'auras qu'à plier un petit rabat pour soigner tes blessures.

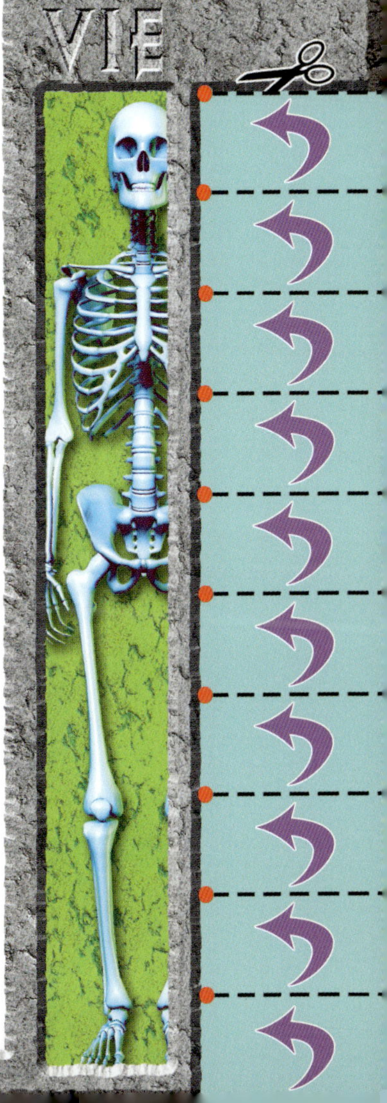

TU ES FIN PRÊT ! Ton arme entre les mains, tu fonces vers l'extérieur de la salle du point de presse du quartier général où l'action t'attend.

Rends-toi au numéro 1.

À l’aide d’une barre à clous que tu as dénichée dans un coffre à outils oublié, tu arraches les planches qui bloquent l’entrée de la mine désaffectée. Devant toi, une longue galerie s’étend dans une noirceur totale. Juste comme tu allais sortir ta lampe de ton sac à dos, tu aperçois deux panneaux électriques sur la paroi de droite. Ça serait trop beau s’il y avait encore du courant dans ces deux boîtes. Tu enclenches le premier disjoncteur.

CHLAC ! D’un côté de la galerie, une longue guirlande de lumières s’allume… OUAIS ! À quoi peut servir le deuxième ? Tu l’actionnes, lui aussi. L’écho sourd d’un mécanisme résonne. Cela ne peut être que l’ascenseur qui descendait autrefois les mineurs dans les entrailles de la Terre. TOUT EST EN ÉTAT DE FONCTIONNER ICI ! Tu ne peux pas croire que ce sera aussi facile. Bon, voilà le plan : a) tu trouves un gros diamant dans l’heure qui suit ; b) tu ressors de la mine pour vendre ta trouvaille au bijoutier ; et c) tu te rends au centre commercial… POUR ACHETER DES TAS DE CHOSES !

Tu te diriges vers cet ascenseur au numéro 8.

Perdu au plus profond de la mine, avec l'ascenseur maintenant devenu inutilisable, tu constates alors que ta soif de richesses vient de te plonger d'un coup dans une quête périlleuse pour ta survie. Tu examines les deux galeries devant toi.

Rends-toi au numéro inscrit sur la voie que tu désires emprunter.

3

Dans cette galerie aux parois rongées par l'érosion, tu poses le pied sur les restes répugnants d'un gros rat réduit à l'état de carcasse…

POUAH !

Alors que tu poursuis ton chemin, tu es soudainement pris d'une très désagréable sensation de fourmillement. OUARK ! Une centaine d'asticots se sont accrochés à toi et ont entrepris de se repaître de ta chair. (Enlève deux points à ta ligne de vie.) Tu sursautes sur place pour t'en débarrasser…

… et tu t'enfuis en direction de ton point de départ au numéro 2.

4

L'arme au poing, tu avances. Ton regard vigilant ne cesse de scruter ce château sorti tout droit d'un film de Dracula. Tu as l'impression d'être observé ; c'est sans doute ce vampire qui te tend un piège. Tu t'arrêtes lorsque soudain, tu aperçois de grosses lettres gravées sur les dalles de l'entrée du château. Il y a plusieurs trous aussi, car plusieurs d'entre elles sont tombées. Il est possible que quelqu'un ait tenté de se rendre jusqu'aux grandes portes et soit tombé dans le vide après avoir posé le pied sur la mauvaise dalle. Tu études la situation. Sur les portes du château, tu remarques une phrase :

LA PROVINCE DES DRAKUL

Tu te mets à réfléchir au numéro 12.

5

Est-ce que tu peux sauter de l'autre côté ? Tu évalues la distance… IMPOSSIBLE ! C'est trop loin. Tu ramasses un long tronc d'arbre et tu le places pour faire un pont. Seras-tu capable maintenant de marcher comme un funambule sur ce petit tronc et de traverser la crevasse sans tomber ?

Pour le savoir, mets un signet à cette page, ferme ton livre et dépose-le debout dans ta main. Si tu es capable de faire trois pas sans que ton livre tombe par terre, BRAVO ! Tu as réussi à traverser la crevasse et à te rendre de l'autre côté au numéro 7.

Si, par contre, ton livre est tombé avant que tu aies fait trois pas, tu chutes malheureusement au numéro 22.

6

À peine as-tu poussé la porte sur ses gonds que tu es attaqué par une horde de… CHAMPIGNONS !

Avec des réflexes que tu ignorais posséder, tu dégaines ton arme et tu tires.

Mets un signet à cette page, ferme ton livre et essaie de l'ouvrir en visant bien le centre.

Si tu rates ton tir, va au numéro 23.

Si tu réussis à atteindre ces horribles champignons avec le rayon de ton K-raboum, rends-toi au numéro 32.

7

De l'autre côté de la crevasse, le temps n'est pas aux réjouissances, car quelque chose vient vers toi en bondissant. Tu viens sans doute de poser le pied dans le territoire de chasse de cette créature laide à faire peur… UN BÉBÉ DINOSAURE MUTANT !

Tu tentes de rebrousser chemin au chapitre 10.

LES PAGES DU DESTIN

8 Sans hésiter, tu t'introduis dans la cage de l'ascenseur et tu appuies sur le dernier bouton, celui qui te conduira au plus profond de la mine.

CHLOC !

Après une descente bruyante de quelques minutes, le mécanisme rouillé émet tout à coup un bruit si strident que tu es forcé de te boucher les deux oreilles. La cage se met soudain à exécuter de violents mouvements brusques. Tu es projeté sur le plancher avec puissance. Ensuite, comme tu le craignais, le fracas effroyable d'un câble qui se brise se fait entendre et la cage de l'ascenseur tombe à une vitesse folle. Tu serres les dents et tu attends le choc. Quelques secondes plus tard, comme si tu te trouvais dans le manège fou d'un parc d'attractions, la cage de l'ascenseur s'arrête en douce.

Tu forces la porte et tu te rends au numéro 2.

9 Oui ! C'est peut-être une impasse, mais il y a quelque chose qui brille par terre. EST-CE UN DIAMANT ??? Tu t'élances pour le ramasser. Euphorique, tu le prends entre tes doigts, mais tu sens tout à coup une vilaine douleur. AÏE ! UN SCORPION CACHÉ DANS LE SABLE VIENT DE TE PIQUER ! Tu t'enfuis en courant, mais le venin, lui, fait son chemin dans tes veines et tu t'évanouis. Tu ouvres les yeux et constates avec joie que tu es toujours en vie. En fait, c'est parce que tu te nourris bien que ton corps a rejeté le venin toxique.

Cependant, si tu as mangé un hamburger dans les trois jours qui précèdent cette aventure, alors là, tu dois enlever deux points à ta ligne de vie.

Retourne ensuite au numéro 2 pour trouver la sortie de ce labyrinthe.

10

Maladroitement, tu pousses avec le bout de ton pied le tronc d'arbre dans la crevasse. Impossible maintenant de retourner en arrière. Tu te tournes vers le petit dinosaure mutant qui fonce toujours vers toi. TU DOIS T'ENFUIR ! Tu sautes alors sur une petite butte puis sur une autre. Est-ce que cette créature au sale caractère va parvenir à t'attraper ?

Pour le savoir… TOURNE LES PAGES DU DESTIN !

Si elle t'attrape, va au numéro 14.

Si tu réussis à t'enfuir, gambade jusqu'au numéro 18.

11

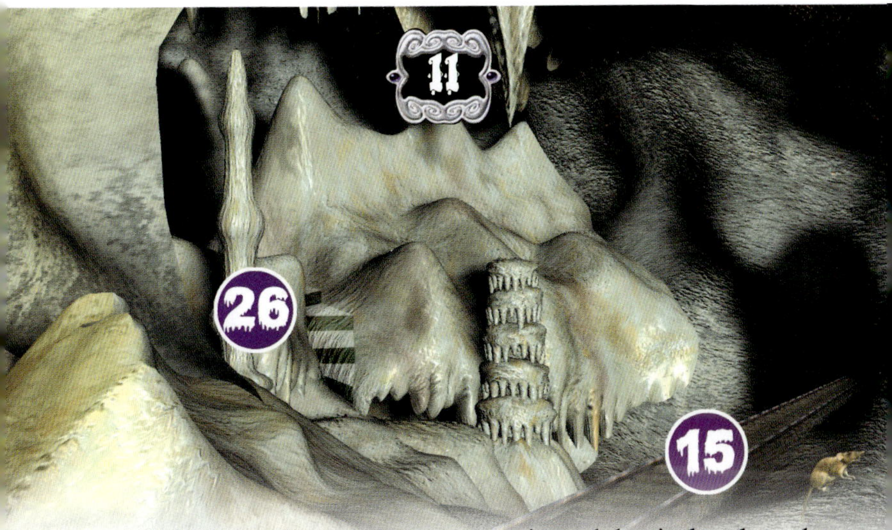

AH NON ! Cette mine est aussi un labyrinthe des plus tortueux.

Rends-toi au numéro inscrit près de la voie où tu veux aller.

12

« La province de Drakul » te répètes-tu tout bas. Tu saisis le sens de cette énigme. Il te suffit de trouver le nom de cette province afin de mettre les pieds sur les bonnes lettres et passer. Mais qu'est-ce qu'un « Drakul » ? OUI ! Tu te rappelles tout à coup, « Drakul » était le surnom donné à Vlad Tepes, ce prince roumain du quinzième siècle qui a été le premier vampire. « Drakul », qui signifie dragon et diable, a été plus tard transformé en Dracula. Alors, tu comprends maintenant que pour traverser, tu dois trouver le nom de la province de Dracula. Tu pourras ensuite poser les pieds sur les lettres qui composent ce nom, évitant ainsi de chuter comme les autres...

Rends-toi au numéro 16 pour tenter ta chance.

13

MALHEUR ! Elle est verrouillée…

Lorsque tu examines les contours de la porte à la recherche d'une autre façon de l'ouvrir, le sol se dérobe sous tes pieds. Tu te retrouves dans un endroit où règne une noirceur totale en plus. Immobile, tu restes là, à attendre, ne sachant pas trop quoi faire. Une petite lumière perce tout à coup la noirceur loin devant toi. Lentement, elle s'agrandit. S'agit-il de ta maman qui vient te délivrer ? MAIS NON ! Tu as la chance d'être tombé dans une sorte de ZONE DE DISTORSION, comme on les voit dans les jeux vidéo.

Tu peux maintenant te téléporter n'importe où dans l'histoire. COMMENT ? Il s'agit tout simplement de fermer les yeux et ton livre. Ouvre-le ensuite à une page au hasard. Pose ton index sur l'une des pages. VOILÀ ! C'est à cet endroit que tu te retrouves maintenant dans ton aventure.

14 Derrière toi, tu sens son souffle dans ton cou. Avec sa puissante mâchoire, le petit dinosaure t'attrape et te soulève. AÏE ! Sa morsure est très douloureuse. (Enlève trois points à ta ligne de vie.) Tes deux pieds courent dans le vide et cherchent le sol. Il n'y a rien que tu puisses faire. Tu te laisses transporter de longues minutes dans une profonde forêt. Devant toi, des dizaines de carcasses disloquées t'annoncent bien lugubrement que tu viens d'atteindre son repaire. Le petit dinosaure te laisse tomber sur le sol. Paré à lui vendre chèrement ta peau, tu effectues une roulade, évitant ainsi sa mâchoire. Sa tête percute une grosse pierre et il se retrouve complètement assommé. VOILÀ TA CHANCE !

Tu bondis sur tes pieds et tu files le plus vite que tu peux au numéro 20.

15

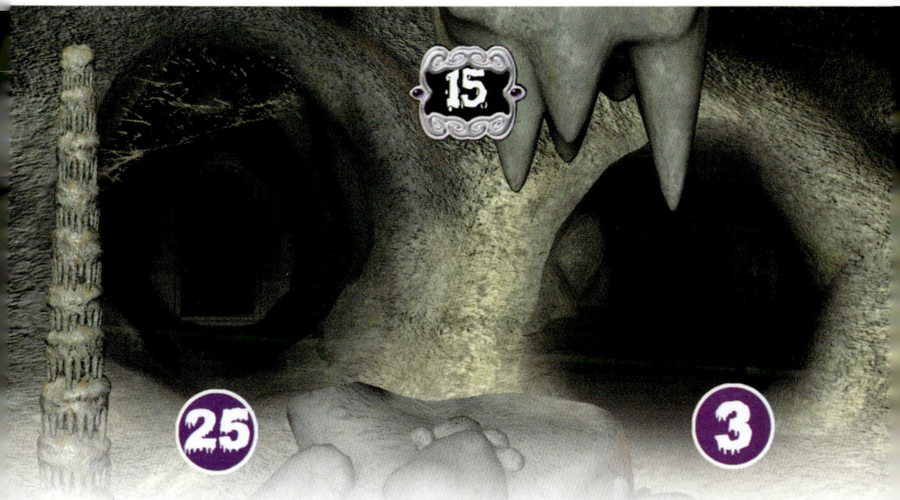

Rends-toi au numéro inscrit sur la voie où tu veux aller.

Si tu crois que la province de Dracula est la Transylvanie, rends-toi au numéro 27.

Si tu penses plutôt que la réponse est la Roumanie, alors va au numéro 34.

17

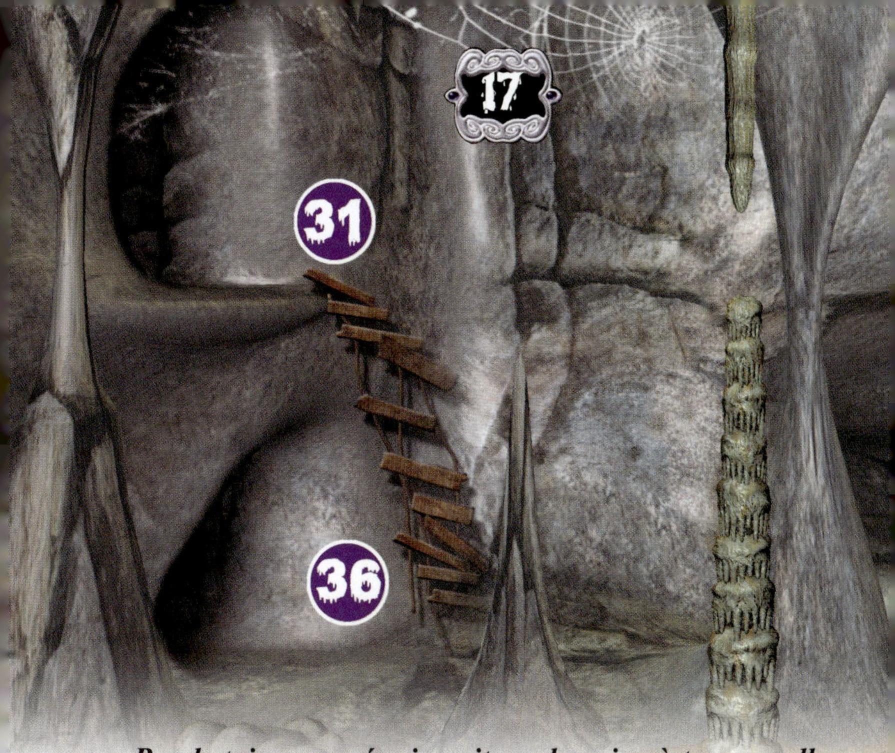

Rends-toi au numéro inscrit sur la voie où tu veux aller.

18

Avec une rapidité fulgurante, tu parviens à semer le petit dinosaure. À bout de souffle, tu t’arrêtes. Cette fuite est peut-être une victoire, mais en retour, tu sens que tu t’enfonces de plus en plus dans l’inconnu, dans un endroit inexploré jamais foulé par l’homme.

Tu gravis des marches taillées à même le roc pour te rendre au sommet du rocher…

… au numéro 20.

19

Tu n'en crois pas tes yeux, la galerie t'a conduit dans une caverne monumentale. À plusieurs centaines de mètres au-dessus de toi, tu aperçois, à travers l'ouverture d'un volcan éteint, les rayons du Soleil. La lumière rassurante éclaire devant toi un grand rocher qui semble servir de passage vers un autre monde. Cependant, pour y accéder, tu dois tout d'abord traverser une large crevasse…

… au numéro 5.

LES PAGES DU DESTIN

20 Au sommet du rocher, comme si tu étais un touriste en vacances, tu admires tranquillement la vue. Au-dessus de ta tête, par la bouche du volcan éteint, tu aperçois le ciel et les beaux nuages blancs. (Remets cinq points à ta ligne de vie.) Dire que tu te retrouves dans cet endroit de malheur à cause de ta soif de richesse. Tu es tout à coup sorti de tes pensées par le bruit d'un battement d'ailes… UNE CHAUVE-SOURIS GÉANTE VIREVOLTE DANS LES AIRS !

Au numéro 24.

21

Par où veux-tu passer maintenant ?

22 Aussitôt après avoir posé le pied sur le petit tronc d'arbre, tu glisses et chutes sur la paroi rocheuse de la crevasse. OUCH ! (Enlève un point à ta ligne de vie.) Mais par une chance incroyable, tu parviens à saisir une racine et à stopper ta chute. C'est vraiment une chance, car plus bas, tu te serais englouti pour toujours dans une espèce de rivière putride et malodorante, dans laquelle flottent des crânes, des os, et des déchets de toutes sortes.

Tu remontes avec difficulté la paroi pour tenter ta chance à nouveau au numéro 5.

23 SVOOUUCH ! Raté. Tu tentes de tirer une autre fois, mais les champignons aux visages hostiles t'entourent et t'emportent (Enlève deux points à ta ligne de vie). Collé à leur corps répugnant, tu es bousculé et poussé vers une caverne où tu vois, partout sur le sol et les parois, des milliers de bébés champignons qui poussent. Ils sont là, devant toi, à faire claquer leur petite mâchoire mortelle. Ils ont très faim, et ce sera sans doute la fin de ta quête de fortune. Mais qu'est-ce qui peut bien avoir transformé cette espèce de fongus en une sorte de créature monstrueuse ? Le pétrole sans doute, car il y a des flaques de cette huile noire partout dans la grotte… PARTOUT DANS LA GROTTE ! Compressé au milieu de la horde de parents soucieux de nourrir leurs petits, tu parviens à appuyer sur la gâchette de ton K-raboum. Le rayon frappe le pétrole qui s'enflamme aussitôt. Partout, des ruisseaux de flammes apparaissent. Paniqués, tous les champignons qui t'entouraient partent sauver leurs petits.

Une odeur fétide t'arrive au nez lorsque tu quittes la grotte pour te rendre au numéro 19.

Gentille ou méchante ? NON ! Il n'est pas question d'attendre que ce vampire te morde pour le savoir. Tu dégaines ton K-raboum et tu tires.

Mets un signet à cette page, ferme ton livre et essaie de l'ouvrir en visant bien le centre.

Si tu rates ton tir, va au numéro 28.

Si tu réussis à atteindre cet horrible vampire avec le rayon de ton K-raboum, rends-toi au numéro 33.

25 Enfin ! La sortie de la mine. Pourquoi dis-tu qu'il s'agit de la sortie ? Parce qu'il y a une porte au bout de la galerie. Excité, tu t'élances. Est-elle verrouillée ?

Pour le savoir… TOURNE LES PAGES DU DESTIN ! Mets un signet à cette page, ferme ton livre et ouvre-le au hasard.

Si tu es tombé sur un trou de serrure noir, la porte est verrouillée. Va au numéro 13.

Si tu es tombé sur un trou de serrure blanc, la porte est déverrouillée ! Ouvre-la au numéro 6.

Où veux-tu aller maintenant ?

27 Pas convaincu à cent pour cent d'avoir la bonne réponse, tu fermes les yeux et tu poses les deux pieds sur la dalle portant la lettre « T ». Aucune catastrophe ne se produit ! Tu ouvres les yeux et constates que tu es toujours là. FIOU ! La Transylvanie est la province de Dracula. Et tu te souviens maintenant que la Roumanie, elle, est le pays de Dracula. Il y avait là un piège subtil.

Tu sautes ensuite sur la lettre « R », puis sur la lettre « A ». Ensuite, sur le « N ». Tu danses sur les dalles jusqu'à la dernière, la dalle portant la lettre « E », et ensuite…

… tu marches d'un pas victorieux jusqu'à la porte au numéro 30.

28 **SVOOUUCH !** Raté. Ton rayon frappe la paroi de la caverne, rebondit… ET REVIENT DIRECTEMENT VERS TOI ! Tu tentes de t'écarter, mais il te suit comme un missile autoguidé. Tu fermes les deux yeux et tu attends l'impact.

ZRAAAAZZ !

(Enlève deux points à ta ligne de vie.) Tu tombes avec violence sur le sol rocailleux. Étourdi, tu te relèves, encore en vie. Tu observes le vampire, qui lui, au loin…

… vole jusqu'au numéro 38.

AH NON ! Cet endroit ressemble vraiment à un labyrinthe. Rends-toi au numéro inscrit sur la voie où tu veux aller.

30 Devant toi s'élèvent les plus grandes portes que tu as vues dans ta vie. Elles sont tout simplement immenses. La serrure est, elle aussi, incroyablement démesurée. Le trou est si grand que tu pourrais y mettre ton bras pour la déverrouiller. Avec précautions, tu regardes. YARK ! Il semble y avoir des trucs vivants à l'intérieur. Dégoûté, tu saisis plutôt les deux gros butoirs pour tenter de les ouvrir. Sont-elles cependant verrouillées ?

Pour le savoir… TOURNE LES PAGES DU DESTIN ! Mets un signet à cette page, ferme ton livre et ouvre-le au hasard.

Si tu es tombé sur un trou de serrure noir, les portes sont verrouillées. Va au numéro 35.

Si tu es tombé sur un trou de serrure blanc, les portes sont déverrouillées ! Ouvre-les au numéro 42.

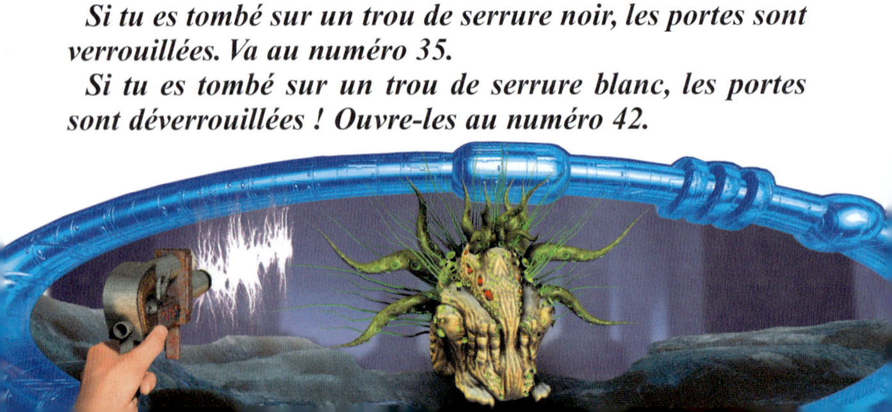

31 TIENS ! Il n’y a pas d’électricité dans ce secteur. Tu avances en touchant les parois jusqu’à ce que tu tombes dans un trou. OUCH ! OUCH ! OUCH ! (Déplie un rabat à ta ligne de vie pour t’enlever un point.).

Tu dégringoles jusqu’au numéro 17.

32 **ZRAAAAZZ !** BRAVO ! Tu viens de les transformer tous en soupe dégoûtante. C’est une chance, car ces champignons t’auraient certainement causé des problèmes, et en plus, TU DÉTESTES LES CHAMPIGNONS ! Tu contournes avec précaution la masse de matière visqueuse et collante qui bouillonne sur le sol…

… et tu te rends au numéro 19.

33 **ZRAAAAZZ !** Tu as réussi à l’atteindre et à le blesser. Cependant, le vampire se laisse planer dans les airs…

… en direction du numéro 38.

34 Lorsque tu poses les deux pieds sur la lettre « R »… LA DALLE SE DÉTACHE DE LA PASSERELLE ET TU TOMBES ! De justesse, tu parviens à t’agripper au rebord de la passerelle. ZUT ! Tu te souviens maintenant : Roumanie, c’est le nom du pays ! Ce n’est pas le nom de la province. Suspendu au bout de tes bras, tu sens peu à peu tes forces te quitter. (Enlève deux points à ta ligne de vie.) Cependant, avec la dernière énergie, tu réussis à te hisser hors de danger…

… pour retourner au numéro 16.

35 PAS DE CHANCE, ELLES SONT VERROUILLÉES ! Pour entrer, tu dois maintenant tenter de les déverrouiller en introduisant ta main à l'intérieur même de cette dégoûtante serrure. Tu fermes les yeux et tu y glisses ta main.

DANS QUOI AS-TU MIS TON BRAS ?

Pour le savoir, ferme vraiment les yeux et tourne trois pages vers la droite de ton livre (tu seras au numéro 49). Uniquement lorsque tu auras tourné ces trois pages... OUVRE LES YEUX !

36 Une longue galerie pleine de toiles d'araignées tourne vers la droite…

AÏE ! Mais qu'est-ce qui vient de te piquer la tête ? UNE ARAIGNÉE ! (Déplie deux rabats pour enlever deux points à ta ligne de vie.)

D'une violente tape, tu envoies le répugnant arachnide s'écraser sur la paroi. L'araignée n'est plus maintenant qu'une masse de glu verte qui coule sur la roche. POUAH !

Retourne au numéro 2.

37 De la longue et monotone galerie, tu émerges dans une sorte de grotte dominée par des stalactites et des stalagmites. Tu croirais presque voir une bouche géante prête à te gober comme un petit insecte. À l'extrémité de la grotte, il y a une sortie où pend une étrange stalactite à la forme d'une luette. OUPS !

De peur de t'enfoncer dans une bouche immonde, tu retournes au numéro 2 afin de prendre un autre chemin.

38

Tu te frottes les yeux. C'est impossible, un château dans une caverne ! Voilà où t'a conduit le rocher sculpté en passerelle.

Tu t'y diriges au numéro 4.

39

Rends-toi maintenant au numéro inscrit sous une de ces chambres. Seulement une d'elles était représentée sur le tableau. ATTENTION ! Si tu choisis la mauvaise, tu retourneras au début, dans la pièce où se trouve le tableau.

40

Au bout de la longue galerie, tu arrives à une impasse et te retrouves devant un squelette. Il est couché sur le sol dans un vêtement de travail… C'EST L'UN DES MINEURS PERDUS ! Dans l'une de ses poches, tu aperçois un papier plié. Est-ce le plan de la mine ?

Si tu désires prendre le papier de sa poche, va au numéro 47.

Si, par contre, ton instinct te dit qu'il vaudrait mieux ne pas TOUCHER AUX MORTS, retourne alors au numéro 2 afin de choisir une autre galerie.

41

SUPER ! Tu as choisi celle qui était représentée sur le tableau. Tu ouvres une deuxième porte et arrives devant deux autres chambres.

Rends-toi encore au numéro inscrit devant la chambre que tu crois qui était représentée sur le tableau. ATTENTION ! Si tu choisis la mauvaise, tu retourneras au début, dans la pièce où se trouve le tableau.

42

Tu pousses de toutes tes forces les lourdes portes. Le vacarme des gonds qui grincent horriblement te fait fulminer. Voilà ! Tout le monde sait maintenant que tu es ici. En dépit de tes appréhensions, tu entres. Tu reconnais tout de suite le décor : toiles d'araignées, vieux meubles décrépits et couverts de poussière, rideaux de velours de couleur rouge sang. Il n'y a qu'à la maison hantée du parc d'attractions que tu as déjà vu ce type de décoration lugubre… PAS AILLEURS ! Ce n'est certes pas un diamant que tu risques de trouver ici, oh non ! Quoi alors ?

Effectue une fouille du château au numéro 45.

COOL ! Quelle perspicacité… Tu as une autre fois choisi la chambre qui était représentée sur le tableau. Tu ouvres la cinquième porte et tu arrives où ? Devant deux autres chambres. Mais avant que tu puisses choisir, une autre trappe s'ouvre au-dessus de toi… C'EST LE VAMPIRE ! Sa tête glisse dans l'ouverture.

— Il ne te reste qu'une seule chambre à trouver, t'annonce-t-il à regret. Mais je me suis bien amusé avec toi et je serai beau joueur. Si tu la trouves, je te laisserai vraiment partir.

Tu baisses la tête pour examiner les deux chambres et tu fais ton choix.

Rends-toi au numéro inscrit devant la chambre que tu crois qui était la dernière représentée sur le tableau.

44

Ton flair légendaire te dit qu'il vaudrait mieux ne pas lui faire confiance. Alors que ton visage se crispe dans une grimace douteuse, le vampire, conscient que sa petite performance n'a pas eu le succès escompté, entre dans une colère noire. Il tire comme un levier l'appuie-bras de son fauteuil. Sous tes pieds, une trappe s'ouvre avec fracas. Tu chutes lourdement dans une autre pièce…

… au numéro 60.

45

Tu esquisses un signe de croix et tu gravis le grand escalier. Le tapis sur chacune des marches où tu poses tes pieds craque parce qu'en dessous, il y a tout plein d'insectes cachés. En haut, sur la mezzanine, une porte est entrouverte. Sur la pointe des pieds, tu t'approches pour coller ton œil dans l'ouverture. Le vampire est là, assis dans un grand fauteuil. Tu dégaines ton K-raboum et tu fais intrusion…

… au numéro 52.

46

BIEN JOUÉ ! Tu as encore choisi la chambre qui était représentée sur le tableau. Tu ouvres une troisième porte et arrives encore devant deux autres chambres.

Rends-toi au numéro inscrit sur la chambre que tu crois qui était représentée sur le tableau. N'OUBLIE PAS ! Si tu choisis la mauvaise, tu retourneras au début, dans la pièce où se trouve le tableau.

47

La main tremblante, tu t'approches du squelette. En arborant une grimace de dégoût, tu saisis le papierdu bout des doigts et tu le déplies. C'EST UNE CARTE DE LA MINE !

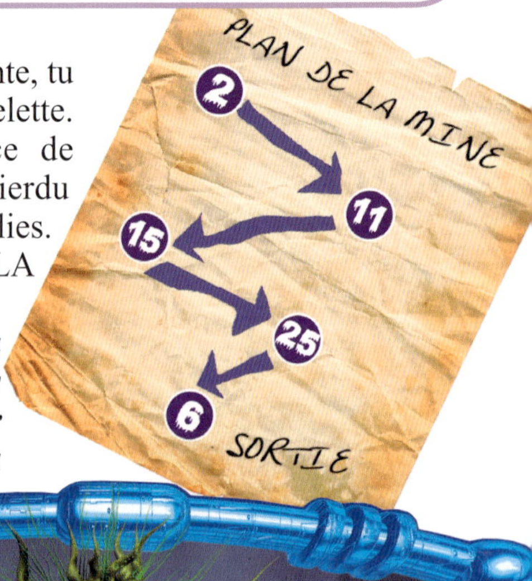

Avec le chemin de la sortie en main, tu retournes au numéro 2 afin de quitter cet endroit de malheur au plus vite.

48

WOW ! Quelle mémoire… Tu as une autre fois choisi la chambre qui était représentée sur le tableau. Tu ouvres la cinquième porte et arrives où ? Devant deux autres chambres.

Rends-toi au numéro inscrit devant la chambre que tu crois qui était représentée sur le tableau.

49

OUACHE ! Jamais rien vu d'aussi dégoûtant. En dépit de ta nausée et de ta peur, tu parviens à pousser un petit loquet avec ton index. Un déclic se fait entendre. C'EST RÉUSSI ! Lorsque tu retires ton bras, OUCH ! Quelque chose te mord. (Enlève un point à ta ligne de vie.) Une saleté de bestiole a enfoncé ses petites dents dans ton pouce.

Ouvre les portes au numéro 42.

50 ZUT ! UNE IMPASSE… Lorsque tu tentes de rebrousser chemin, ton nez fin flaire de l'air frais. Tu lèves la tête et aperçois un étroit petit conduit d'aération. Trop petit pour que tu puisses t'y glisser, mais au moins, l'air qu'il te souffle au visage t'a remis d'aplomb. (Remets tous les points à ta ligne de vie.)

Revigoré, tu retournes au numéro 2 pour prendre une autre galerie.

51

MAGNIFIQUE ! Tu as encore choisi la chambre qui était représentée sur le tableau. Tu ouvres une quatrième porte et arrives, encore une fois, devant deux autres chambres.

Rends-toi au numéro inscrit devant la chambre que tu crois qui était représentée sur le tableau.

52 Assis dans son fauteuil, le vampire ne sursaute même pas. Ton arme directement braquée vers lui, tu t'approches. Tout de suite, tu peux voir la tristesse qui se lit sur son visage.

— Tu viens pour m'achever ? te dit-il à ton grand étonnement. C'est cela ?

Le corps recroquevillé, la tête entre ses épaules basses, ce vampire ne semble pas très, très menaçant. Mal à l'aise, tu baisses ton arme et tu la caches derrière ton dos.

— Euh non, non ! bafouilles-tu, troublé par la pitié que t'inspire ce vampire.

— Parce que personne ne veut jouer avec moi, PERSONNE ! te confie le vampire en soupirant. Je m'appelle Yvon. Les gens préfèrent plutôt me tirer dessus. Pourtant, moi, je ne suis pas un buveur de sang.

Si tu te sens vraiment coupable d'avoir essayé de pulvériser ce gentil vampire qui s'ennuie, va jouer avec lui au numéro 86.

Si, par contre, tu penses que ce n'est qu'un ignoble buveur nocturne de sang qui te raconte des histoires pour mieux te piéger, rends-toi alors au numéro 44 afin d'en finir une fois pour toutes avec lui.

ZUT DE ZUT ! Tu te retrouves derrière car Yvon le vampire a pris le chemin le plus court. Tu arrives à deux autres routes… VITE ! CHOISIS-EN UNE !

Rends-toi au numéro inscrit sur celle que tu désires emprunter.

ZUT ! Tu as choisi la mauvaise chambre. Une main sinistre t'attrape (enlève un point à ta ligne de vie)…

… et te ramène au numéro 70.

55

SUPER ! Tu prends les devants. Yvon le vampire essaie de te rattraper. C'est encore plus rapidement que tu te retrouves avec ton bolide devant deux autres routes… VITE ! CHOISIS-EN UNE !

Rends-toi au numéro inscrit sous celle que tu désires prendre.

56

De la lave brûlante commence à s'étendre partout. Tu dégaines ton K-raboum… ET TU TIRES !

Vas-tu réussir à atteindre ce monstre qui vient d'apparaître des profondeurs de la Terre ?

Mets un signet à cette page, ferme ton livre et essaie de l'ouvrir en visant bien le centre.

Si tu rates ton tir, va au numéro 104.

Si tu réussis à atteindre cet horrible monstre avec le rayon de ton K-raboum, rends-toi au numéro 108.

57

Derrière les rideaux poussiéreux, les deux portes vertes s'ouvrent sur un paysage splendide. On croirait presque que tu es revenu au temps des monstres préhistoriques. Un hurlement effrayant retentit et modère ta joie.

GRAAAOOOUUWWW !

Ce n'est pas un tigre ou un lion qui a fait ça, c'est plus gros… BEAUCOUP PLUS GROS ! Tu regardes au loin. C'est ce que tu craignais… Tu es arrivé dans une vallée perdue et oubliée, où règnent en maîtres incontestés des lieux… DES DINOSAURES !

Derrière toi, les portes se referment, BLAM ! Il n'y a qu'une seule voie possible maintenant…

… et c'est au numéro 76.

ZUT ! Tu as choisi la mauvaise chambre. Une main apparaît et t'attrape… (Enlève un point à ta ligne de vie.)

Retourne au numéro 70.

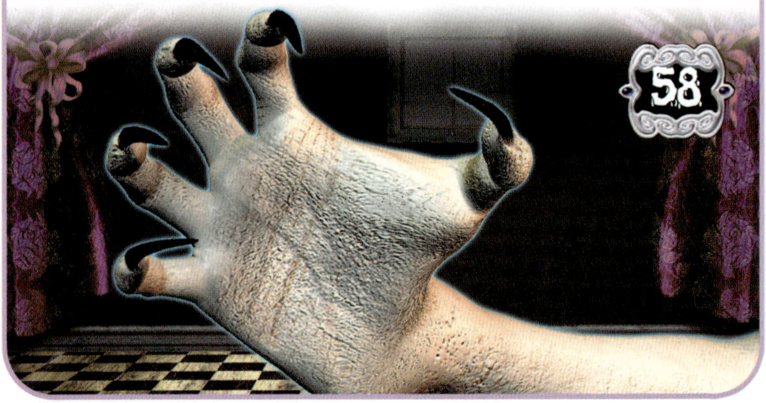

ZUT ! ET DOUBLE ZUT ! Yvon le vampire a gagné la course. Si tu espères sortir de ce château au plus vite…

… retourne au numéro 65 pour faire une autre course contre lui.

60

Assis sur ton derrière, tu inspires un bon coup pour calmer la douleur. (Enlève un point à ta ligne de vie.) Ton arme à quelques centimètres de toi, tu lèves la tête. Dans l'ouverture de la trappe, le vampire est là, qui te nargue.

— SALE INTRUS ! Tu vas jouer avec moi, que tu le veuilles ou non.

— À QUOI ? À QUEL JEU ? hurles-tu, à bout de nerfs. JE N'AI PAS LE TEMPS DE M'AMUSER, MOI !

— Si tu veux sortir d'ici, tu n'as pas le choix, t'informe le vampire. Le jeu des chambres mystérieuses, voilà ce qui t'attend de l'autre côté de cette porte. À ta droite, sur le mur, il y a un tableau représentant les chambres dans lesquelles tu dois passer afin de sortir du château. Si tu te trompes et que tu tentes de passer par d'autres chambres que celles peintes sur le tableau, tu te retrouveras à ton point de départ. HI ! HI ! HI !

Son rire effronté résonne dans le château même lorsqu'il referme la trappe au-dessus de ta tête. Tu n'as plus le choix, tu te dois de jouer son petit jeu si tu espères t'en sortir.

Tu te lèves et tu t'approches du tableau au numéro 70.

ZUT ! ET DOUBLE ZUT ! Yvon le vampire a gagné la course. Si tu espères sortir de ce château au plus vite…

… retourne au numéro 65 pour en faire une autre avec lui.

AH NON ! Tu as choisi la mauvaise chambre. Une sorte de bras mécanique, comparable à celui qui se trouve dans les machines attrape-peluches, apparaît et te saisit violemment (enlève un point à ta ligne de vie)…

Il te ramène au numéro 70.

63

MÉGA NUL ! Tu te retrouves derrière car Yvon le vampire savait quel était le chemin le plus court. C'est avec les gaz à fond que tu arrives à deux autres routes… VITE ! CHOISIS-EN UNE !

Rends-toi au numéro inscrit sur celle que tu désires emprunter.

64

AH NON ! Tu as choisi la mauvaise chambre. TU ÉTAIS PRESQUE ARRIVÉ ! Un tourbillon lumineux apparaît, t'englobe (Enlève un point à ta ligne de vie)…

… et te ramène au numéro 70.

65

Après avoir étudié attentivement les commandes de ton bolide, la grande porte du garage s'ouvre et le signal du départ est donné par un drapeau électronique. Tu appuies sur l'accélérateur et tu t'enfonces aussitôt dans ton siège. C'est très rapidement et à toute allure que tu arrives à un embranchement… VITE ! CHOISIS UNE ROUTE !

Tu veux aller à gauche, va au numéro 53.

Tu désires prendre la route de droite, file au numéro 69.

66

Tu as choisi une route droite et rapide, sauf que sur celle-ci… IL Y A UN OBSTACLE DE TAILLE !

MAIS D'OÙ VIENT CE GROS LÉZARD DU JURASSIQUE ? Peu importe, tu n'as pas le choix. Tu dois t'arrêter et rebrousser chemin. Pas facile de t'avouer vaincu…

… retourne au numéro 65 pour faire une autre course avec Yvon.

67

AH NON ! Tu as choisi la mauvaise chambre. Une main répugnante apparaît et t'attrape (Enlève un point à ta ligne de vie)…

Elle te ramène au numéro 70.

68

TSOIN ! TSOIN ! Yvon le vampire a gagné la course, haut la main. Mais comme il s'est amusé comme un fou, il te donne une chance de te racheter.

Retourne au numéro 65 pour faire une autre course.

69

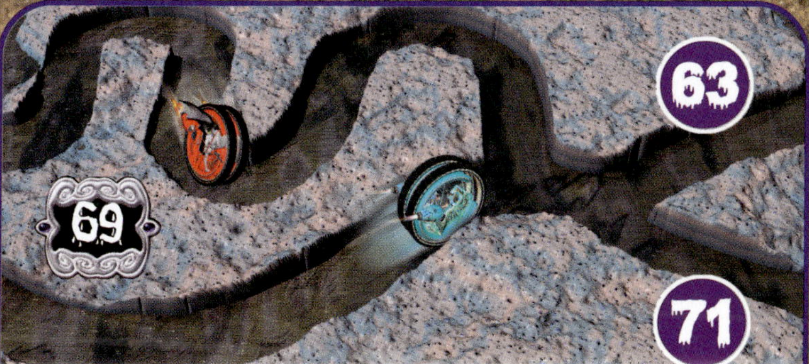

MÉGA COOL ! Ton bolide passe à une vitesse fulgurante près de celui d'Yvon le vampire qui accélère sur l'autre route. En un rien de temps, tu arrives à quelques mètres de deux autres routes… CHOISIS-EN UNE !

Rends-toi au numéro inscrit sur celle où tu veux aller.

Tu examines attentivement toutes les chambres pour bien les mémoriser.

Ensuite, tu ouvres la porte pour te rendre au numéro 39.

71 Ton bolide file à une vitesse vertigineuse jusqu'au point d'arrivée. BRAVO ! Tu as gagné. Yvon le vampire arrive derrière toi quelques secondes plus tard, bon deuxième. Va-t-il tenir sa promesse ? Est-ce que les vampires tiennent parole ? Il te félicite et t'ouvre une porte qui te conduit hors du château. Mais maintenant… FINI LA PARTIE DE PLAISIR !

Un hurlement effrayant retentit et modère ta joie.

GRAAAOOOUUWWW !

Ce n'est pas un tigre ou un lion qui a fait ça, c'est plus gros… BEAUCOUP PLUS GROS ! Tu regardes au loin. C'est ce que tu craignais… Tu es arrivé dans une vallée perdue et oubliée où règnent en maîtres incontestés des lieux… DES DINOSAURES !

Regarde ce qui t'attend au numéro 76.

72 Comme si tu marchais sur des œufs de dinosaure, tu avances dans un chemin entouré d'une plantation comme tu n'en as jamais vu. Tu as la très désagréable impression que même les plantes, ici, peuvent t'avaler. Soudain, devant toi dans une clairière, le dinosaure est là. Pas un dinosaure mécanique… UN VRAI ! C'est un stégosaure, tu le reconnais. Ce n'est pas un dangereux prédateur, il ne mange que de l'herbe et des feuilles. Ça veut dire que si tu ne l'embêtes pas, il ne te cherchera pas querelle. Mais il y a tout de même un problème : il est si énorme qu'il te barre la route.

Va analyser la situation au numéro 77.

73

AH NON ! Tu as choisi la mauvaise chambre. Une gigantesque main fantomatique t'attrape (enlève un point à ta ligne de vie)…

… et te ramène au numéro 70.

74

Tu t'approches du panneau sur lequel il y a six lettres : un « M », un « P », un « R », un « À », un « L » et un « S ». Tu as beau chercher pendant plusieurs minutes ce qu'elles signifient, mais une seule réponse revient dans ta tête : m, p, r, à, l, s veut tout simplement dire… « Machine pour revenir à la surface » !

Alors, au comble du bonheur, tu avances vers les diamants et la machine. Tout à coup, trois créatures impossibles à décrire avec de simples mots apparaissent du sol.

Alors, va au numéro 87 où tu les verras de tes propres yeux...

75

C'est super ! Tu as choisi une route droite et rapide, sauf qu'elle est complètement bloquée par l'une des tours écroulées du château d'Yvon. Il faudrait vraiment que ce vampire cesse de s'amuser et fasse le ménage dans son domaine.

Tu n'as pas le choix, tu dois mettre les freins et retourner au début afin de faire une autre course.

Retourne au numéro 65 et attends Yvon.

76

Rends-toi au numéro inscrit sur le passage que tu désires emprunter.

72
88
81
LES PAGES DU DESTIN

Bon, il vient de bouger un peu. Deux possibilités s'offrent à toi maintenant. VOILÀ TA CHANCE !

Si tu veux tenter de passer entre ses jambes, sous sa bedaine, passe discrètement au numéro 79.

Si tu crois que tu devrais prendre un élan, courir, et sauter par-dessus sa queue, sauve-toi vers le numéro 83.

79
LES PAGES DU DESTIN

Après avoir marché quelques minutes dans une forêt dense, hostile et dangereuse, tu arrives devant le dinosaure que tu préfères, le brachiosaure. Tu aimes bien ce dinosaure parce qu'il est gentil et qu'il est comme un chat, un très gros chat. Son cou est aussi long qu'un terrain de tennis, cependant. Lorsque tu t'approches pour le caresser, sa grosse tête s'amène vers toi et il te saisit par le collet avec sa bouche. Soulevé très haut au-dessus du sol, tu cherches à comprendre pourquoi il t'a attrapé. Avec son long cou, il te dépose à ton point de départ, juste pour s'amuser avec toi. Tu tentes à nouveau de passer, mais chaque fois, il t'attrape et te ramène à ton point de départ. OUI ! Chaque fois que tu tentes de passer près de lui pour poursuivre ton chemin…

… il te ramène au numéro 76.

BON ! Tu viens de changer d'idée, il n'est plus ton dinosaure préféré…

79 Juste comme tu passais sous son ventre, le stégosaure décide malheureusement de faire un petit somme. Lentement, il se couche sur le sol… AVEC TOI, EMPRISONNÉ SOUS SA BEDAINE ! Tu étouffes sous son poids. (Enlève deux points à ta ligne de vie.) Lorsqu'au bout de quelques très longues minutes il bouge un peu, tu en profites pour te sortir de là. Maintenant, impossible de passer, il bloque complètement tout le passage.

Tu retournes au numéro 76 afin de prendre une autre voie.

80 — ALORS, LES VOILÀ ! te montre Yvon fièrement.

La mâchoire tombée sur ton torse, tu regardes, ahuri, les deux grands bolides en forme de roue.

— Je ne peux pas conduire ce… ce truc, parviens-tu à dire, encore sous le choc. Et puis, je n'ai pas mon permis de conduire !

— PFFFF ! pousse le vampire. Ce n'est pas plus compliqué qu'un jeu vidéo. Et puis, tu n'as pas besoin de permis puisque nous allons courser sur mes terres.

Sceptique, tu restes là sans bouger, à réfléchir.

— Si tu gagnes, te lance en défi Yvon, je te laisse partir tout de suite, mais seulement si tu gagnes la course.

Tu réfléchis à sa proposition quelques secondes et puis tu lui réponds en hurlant, avec confiance :

— J'ACCEPTE !

Vous embarquez tous les deux dans vos bolides respectifs au numéro 65.

LES PAGES DU DESTIN

81

C'est seulement lorsque tu arrives près du grand saurien que tu constates que tu fais maintenant face au plus redoutable prédateur… LE SPINOSAURE ! Même les tyrannosaures en ont peur, ce n'est pas peu dire.

Il serait peut-être préférable de rebrousser chemin et prendre une autre route. Mais il est trop tard. Le grand dinosaure tourne la tête dans ta direction. Tu te jettes dans un bosquet. Est-ce que le grand dinosaure t'a vu ?

Pour le savoir… TOURNE LES PAGES DU DESTIN ! Mets un signet à cette page, ferme ton livre et ouvre-le au hasard.

Si tu tombes sur un œil ouvert, le spinosaure t'a vu. Va au numéro 84.

Si tu t'es arrêté sur un œil fermé, il ne t'a pas vu ! Rends-toi au numéro 89.

LES PAGES DU DESTIN

82

Sur une sorte de monticule surélevé, là où se termine la grande caverne, tu aperçois des murs constitués de milliers de crânes humains. Au centre de ces murs morbides se trouve une étrange machine entourée… DE PLUSIEURS CENTAINES DE GROS DIAMANTS D'UNE VALEUR INESTIMABLE ! Surexcité, tu sens un grand regain de vie monter en toi. (Remets à dix les points de ta ligne de vie.) Mais tout ça est peut-être trop beau pour être vrai.

À l'entrée des murs se trouve un panneau au numéro 74. C'est peut-être un avertissement…

LES PAGES DU DESTIN

83

Tu inspires profondément et tu te catapultes vers le stégosaure. À quelques mètres de sa longue queue, tu fais le grand saut puis atterris de l'autre côté. C'EST RÉUSSI ? NON ! Le stégosaure n'a pas vraiment aimé que tu le déranges pendant qu'il mange. Il se raidit sur ses quatre pattes et te balance sa queue pourvue de longs pics mortels. Tu évites de justesse d'être transpercé en effectuant un bond en arrière. Cependant, tu t'es fait égratigner. (Enlève deux points à ta ligne de vie.) Mais en retour, les longs pics de sa queue se sont coincés dans le sol, ce qui te donne une chance de t'enfuir.

Tu en profites pour t'éclipser et retourner au numéro 76.

84 De ses grands yeux verts… IL T'A APERÇU !

Tu décampes dans la direction opposée. Mais en quelques enjambées seulement, il parvient à t'attraper avec sa grande mâchoire bourrée de dents acérées. (Enlève un point à ta ligne de vie.) Debout dans sa longue bouche, tu pousses sur les deux mâchoires de toutes tes forces. L'odeur est insupportable et tu te retiens de respirer. Au bout de quelques secondes, tu parviens à sauter hors de sa gueule immonde. Après être parvenu à adoucir ta chute en effectuant une roulade sur le sol, le spinosaure pose l'une de ses grosses pattes sur ton corps pour t'immobiliser. Sans savoir pourquoi, tu arraches une feuille près de toi et tu te mets à le chatouiller. Titillé, le dinosaure tombe de rire, lourdement sur le côté, comme un gamin amusé.

Tu quittes l'endroit en vitesse pour retourner au numéro 76.

85

NOOOOON ! Les cornes pointues du dicératops te piquent entre tes deux omoplates… AÏE ! (Enlève deux points à ta ligne de vie.) Déséquilibré par l'impact, tu chutes brutalement par terre. (Enlève un autre point à ta ligne de vie.) Le dinosaure passe au-dessus de toi sans même te toucher. Plus loin, il ne peut s'arrêter et il termine sa course dans la forêt où là, plusieurs grands arbres s'abattent sur lui. Prisonnier sous un amoncellement de troncs brisés, il se met à hurler. Son cri retentit et alerte d'autres dicératops qui aussitôt s'amènent au loin.

Avant qu'ils arrivent, tu pars en vitesse vers le numéro 76 afin de choisir une voie moins dangereuse.

86

Le vampire se réjouit que tu aies accepté.

— Il s'agit d'un jeu de course MÉGA EXTRAORDINAIRE avec des bolides DÉMENTIELS ! s'emporte-t-il, euphorique.

Il te saisit ensuite par la main et te traîne littéralement dans les profondeurs de son château.

— UNE COURSE ! répètes-tu. Un jeu vidéo, avec une manette et tout, n'est-ce pas ?

Yvon le vampire s'arrête brusquement.

— Mais qu'est-ce que tu dis ? t'explique-t-il. NON ! Une vraie course avec de vrais bolides.

Tu le regardes, incrédule.

— C'est que j'ai trouvé des tas de diamants dans la mine, tu sais, t'avoue-t-il. Alors, j'ai délaissé les jeux vidéo pour les vraies choses, puisque maintenant, je peux me les payer amplement.

Il te traîne à nouveau pour t'emmener dans son garage au numéro 80.

87

On dirait trois créatures sorties tout droit des entrailles sombres et maudites de la Terre. Elles avancent vers toi en faisant bouger leurs tentacules répugnants. Rapide, tu dégaines ton K-raboum et tu tentes de pulvériser la créature se trouvant le plus près de toi.

Mets un signet à cette page, ferme ton livre et essaie de l'ouvrir en visant bien le centre. Si tu rates ton coup, va au numéro 92.

Si tu réussis à atteindre cette créature, rends-toi au numéro 96.

LES PAGES DU DESTIN

88

Le sinueux sentier t'a conduit directement devant la corne de cette espèce de taureau du jurassique. Mais qu'est-ce qu'il a à te regarder comme ça en respirant très fort ? Tu te penches et tu remarques, seulement à ce moment-là, que tu portes un chandail… ROUGE ! AH NON ! Tu l'enlèves tout de suite et tu le mets devant toi comme le font les toreros. Énervé, le dicératops fonce à toute vapeur dans ta direction. Voyant que ce gros lézard souffrant d'un excès de poids te fonce dessus, tu tentes de t'enfuir à toutes jambes.

Va-t-il parvenir à t'attraper ? Pour le savoir…

TOURNE LES PAGES DU DESTIN !

S'il t'attrape, va au numéro 85.

Si tu réussis à t'enfuir, cours jusqu'au numéro 90.

LES PAGES DU DESTIN

89 IL NE T'A PAS VU !

Le spinosaure se met à marcher lourdement et disparaît au loin entre les arbres. Une minute plus tard, une fois le bruit de ses pas estompé, tu sors du bosquet et tu regardes au loin devant toi. La voie est maintenant libre de danger. Dans ton cou, tu sens soudain une brise, une brise chaude…

Tu retournes la tête au numéro 94.

90 Comme un athlète olympien, tu parviens à semer le gros saurien. Essoufflé, tu t'arrêtes pour reprendre ton souffle. Un beau petit ruisseau d'eau fraîche t'invite à te rafraîchir… Ce ne sera pas de refus, il fait si chaud ici. (Remets ta ligne de vie à dix points.)

Retourne au numéro 76 et choisis une route moins risquée.

91 SVOOUUCH ! Tu l'as ratée…

La créature pointe ses tentacules dans ta direction et crache, elle aussi, une salve de glu très acide dans ta direction.

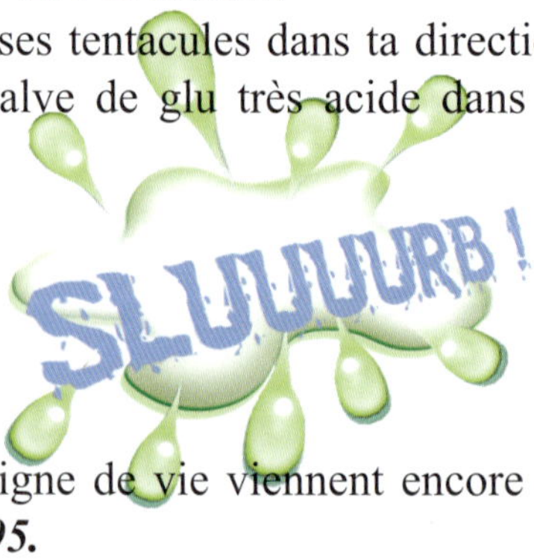

L'attaque t'est fatale…

Cinq autres points de ta ligne de vie viennent encore de disparaître. ***Va au numéro 95.***

92 **SVOOUUCH !** C’est raté… La créature pointe ses tentacules dans ta direction et crache vers toi un long jet de glu acide.

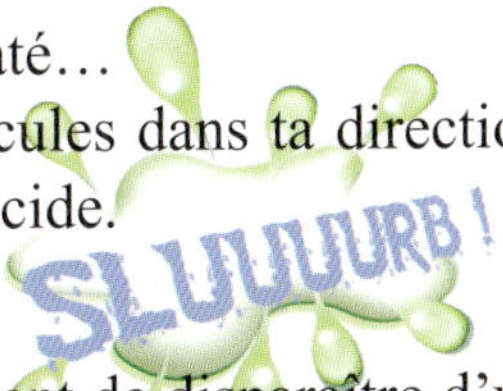

Cinq points de ta ligne de vie viennent de disparaître d’un seul coup. Tu braques ton arme dans sa direction et tu tires de nouveau.

Si tu rates encore ton coup, va au numéro 98.

Si ton rayon atteint la créature, rends-toi au numéro 100.

93 **ZRAAAAZZ !** TU L’AS DÉCAPITÉE, ELLE AUSSI !

La deuxième créature tombe lourdement sur le sol et son corps éclate, comme la première, dans une explosion de lave… Il ne reste plus qu’une seule de ces créatures dangereuses. Tu te places devant elle et tu braques ton K-raboum…

Vise avec ton livre…

Si tu rates ton coup, va au numéro 99.

Si tu réussis à atteindre la dernière créature, rends-toi au numéro 101.

94

Tu t’es fait attraper ! Le spinosaure referme sa mâchoire, t’attrape et te secoue au-dessus du sol comme un mannequin. (Enlève un point à ta ligne de vie.) Agité de la sorte, la tête à l’envers, tu es soudain pris d’une terrible envie de vomir… BEUARK !

Complètement dégoûté par ce moyen de défense plutôt inhabituel, le grand dinosaure te laisse tomber et disparaît en courant rapidement.

Ce secteur est beaucoup trop dangereux et tu ne pourras certainement pas vomir chaque fois que tu seras dans le trouble.

Tu retournes donc au numéro 76 afin de prendre un autre chemin.

95

Autour de toi, tout devient tout à coup très noir.
C’est comme si tu dormais, sauf que tu es incapable de rêver. Tu ne peux rien faire, ni bouger, ni respirer… RIEN !
Le temps passe, et passe, et justement… RIEN NE SE PASSE !
Ni ne se passera…

FIN

96

ZRAAAAZZ ! TU AS DÉCAPITÉ D'UN SEUL COUP LA PREMIÈRE CRÉATURE !

Son corps tombe lourdement sur le sol et éclate comme dans une explosion de lave volcanique… Il ne reste plus que deux de ces créatures dangereuses. Tu te places devant la deuxième et tu soulèves ton K-raboum…

Vise maintenant avec ton livre…

Si tu rates ton coup, va au numéro 102.

Si tu réussis à atteindre cette créature aussi, rends-toi au numéro 105.

97

Tu marches longuement dans le chemin entouré d'arbres provenant d'une autre époque, une époque très éloignée. Presque à la sortie de la vallée, tu aperçois un dinosaure couché au beau milieu du chemin. Tu t'arrêtes pour l'examiner avant de t'avancer. Il ne bouge pas, ni ne respire. Lorsque tu le contournes, tu aperçois sur son ventre un grand trou ensanglanté. Un superprédateur l'a mordu et tué. À la vue de sa blessure immense, tu te dis qu'il vaut mieux ne pas traîner plus longtemps dans les parages parce que le dinosaure qui lui a infligé cela, lui, pourrait t'avaler facilement d'une seule bouchée.

À pas prudents, tu avances vers le numéro 82.

98 SVOOUUCH ! Tu l'as ratée… ENCORE ! La créature pointe ses tentacules dans ta direction et crache une deuxième fois.

Cinq autres points de ta ligne de vie viennent encore de disparaître. Va au numéro 95.

99 SVOOUUCH ! C'est raté… La dernière créature pointe ses tentacules dans ta direction et crache elle aussi un jet de glu acide vers toi.

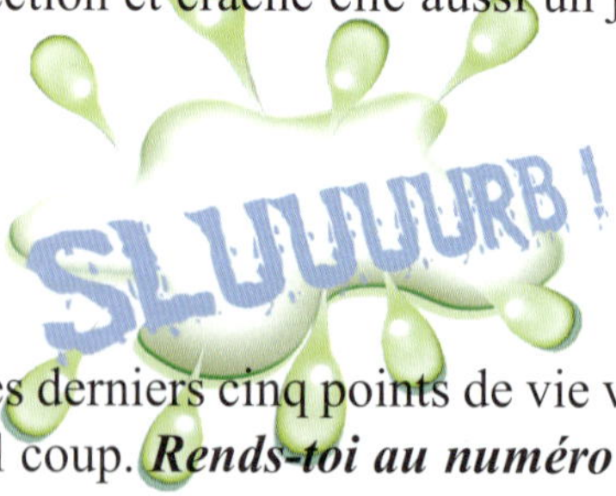

Tes derniers cinq points de vie viennent de disparaître d'un seul coup. ***Rends-toi au numéro 95.***

100 **ZRAAAAZZ !** TU L'AS ENFIN TOUCHÉE ! Son corps tombe lourdement sur le sol et éclate dans une explosion de lave brûlante… Il ne reste plus que deux de ces créatures. Tu te places devant la deuxième et tu soulèves ton arme…

Vise avec ton livre.

Si tu rates ton coup, va au numéro 91.

Si tu réussis à atteindre cette deuxième créature, rends-toi au numéro 93.

101

ZRAAAAZZ ! Frappée mortellement, la dernière créature frissonne de tous ses tentacules et s'affaisse sur le sol, morte comme les deux autres.

Rends-toi au numéro 103.

102 SVOOUUCH ! Tu l’as ratée ! La deuxième créature pointe ses tentacules dans ta direction et crache elle aussi une salve de glu vers toi.

Cinq points de ta ligne de vie viennent de disparaître d’un seul coup. Tu soulèves encore ton arme.

Vise bien le centre de ton livre.

Si tu rates ton coup, va au numéro 106.

Si tu réussis à atteindre la créature, rends-toi au numéro 93.

103 La dernière créature exterminée, tu avances vers la machine. Une fois à l’intérieur, tu ne remarques aucun bouton pour l’activer. Sur la paroi rocheuse de la caverne, à plusieurs mètres de toi, se trouve un levier. Voilà ce que tu dois faire pour la mettre en marche : abaisser ce levier.

Tu t’y diriges au numéro 109.

104 **SVOOUUCH !** C’est raté… Comme un enfant qui joue dans une flaque d’eau dans la rue, le monstre se rabat sur ses jambes, saute, puis atterrit lourdement dans la lave sous ses pieds, t’éclaboussant ainsi avec la roche en fusion. (Tu perds tous les points de ta vie.)

Rends-toi au numéro 95.

105 **ZRAAAAZZ !** TU AS RÉUSSI À LA DÉCAPITER ELLE AUSSI !

La deuxième créature tombe lourdement sur le sol et son corps éclate comme la première dans une explosion de lave dangereusement brûlante… Il ne reste plus qu’une seule de ces créatures meurtrières. Tu te places devant cette dernière et tu soulèves ton arme…

Vise avec ton livre…

Si tu rates ton coup, va au numéro 107.

Si tu réussis à l’atteindre, rends-toi au numéro 101.

106

SVOOUUCH ! Tu l’as ratée…

La créature pointe encore ses tentacules dans ta direction, puis crache par ses ventouses une autre salve.

Cette attaque t’est fatale…

Les cinq derniers points de ta ligne de vie viennent de disparaître.

Va au numéro 95.

107

SVOOUUCH ! C’est raté…

La dernière créature pointe ses tentacules dans ta direction et crache vers toi une salve de glu.

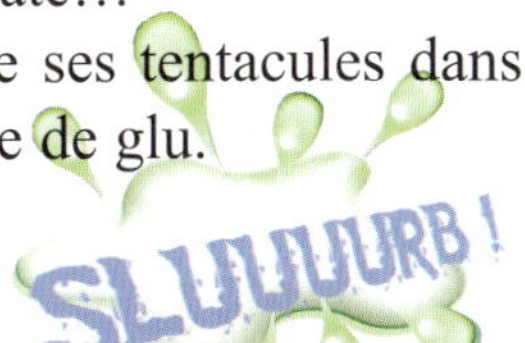

Cinq points de ta ligne de vie viennent de disparaître d’un seul coup. Tu soulèves de nouveau ton arme. Vise bien avec ton livre.

Si tu rates encore ton coup, va au numéro 110.

Si tu réussis à atteindre la créature, rends-toi au numéro 101.

108

ZRAAAAZZ ! Tu l'as atteint…

Pris de douleur, le monstre se prend le cou entre ses deux mains et se met à hurler très fort. Tu es tout surpris de voir qu'un seul tir a suffi pour le neutraliser. De la voûte de la grande caverne, une masse difforme, ressemblant à une grosse bactérie, descend soudain au-dessus de lui et l'englobe pour l'emporter.

Le gros engin à la forme étrange fonce vers la croûte terrestre et creuse un grand trou à la surface. Tu ne sauras jamais d'où provenait ce monstre, ni de quelle galaxie.

Va au numéro 111.

LES PAGES DU DESTIN

109

Alors que tu es tout près du levier, le sol se met à trembler. Est-ce une secousse sismique ? NON ! Un monstre effroyable émerge par un petit volcan qui vient de se creuser devant toi.

Tu fais un pas en arrière au numéro 56.

LES PAGES DU DESTIN

110 SVOOUUCH !

TU AS ENCORE MAL VISÉ…

La créature pointe encore ses tentacules dans ta direction et crache une dernière fois.

Les derniers cinq points de ta ligne de vie viennent de disparaître.

Va au numéro 95.

111

Partout autour de toi, de grandes masses de roches tombent ; la caverne est sur le point de s'affaisser. Tu te catapultes vers le levier que tu actionnes sans attendre. C'est en évitant les débris que tu parviens à te placer au centre de la machine qui, maintenant, est tout illuminée. Dans un éclair aveuglant, tu te retrouves à la surface de la Terre, sur des dunes de sable chaud. Le Soleil brille au-dessus de ta tête. Au loin, tu aperçois trois pyramides. OH NON ! La machine t'a ramené sur la surface oui… MAIS EN ÉGYPTE ! Comment vas-tu faire pour rentrer chez toi maintenant ? Sans un seul sou…

Découragé, tu t'assois sur le sable pour enlever un stupide caillou qui s'est introduit dans ta chaussure et qui t'énerve. Lorsque tu enlèves ta chaussure pour regarder à l'intérieur, tu aperçois un gros diamant qui roule au fond…

FÉLICITATIONS !
TU AS RÉUSSI À TERMINER
CETTE AVENTURE…

Dans la collection « PASSEPEUR »

✓

Coche ici les livres que tu as lus de la collection Passepeur !